是不是都有這4種精靈呢？

我的第一套好好吃食育繪本

小奈奈的香噴噴烏龍麵

文 吉田隆子 圖 瀨邊雅之
譯 黃雅妮

親子天下

小奈奈和奶奶在田間小路散步。
這時，嘩的一聲，田邊飛起了一群鳥兒。
「小鳥們在田裡吃什麼啊？」小奈奈問。
「之前田裡收割時，掉落不少稻米，
我想牠們是來吃稻米的。」

秋天的稻田，
稻米收割後，
整個田裡充滿了
濃濃的稻香。
這些掉落的稻米，
還會再次發芽喔！

「那我們就可以等著下一次的收成了！」小奈奈開心的說。

「但在那之前，等春天一到，這裡就會先變成麥田喔。」

「麥田？」

「嗯。你知道『麵粉』吧？麵粉就是麥子做成的唷！回家我拿給你瞧瞧。」

麵粉

回家後，小奈奈跟著奶奶來到倉庫。
「你看，這就是麥子。
麵粉就是由麥子
做出來的。」

「麥子是怎麼做成麵粉的啊？」
小奈奈看著眼前這些乾巴巴、茶色的乾草，
怎麼樣也無法和雪白的麵粉聯想在一起。

「那要不要來做做看麵粉呢？」
「哇，好啊、好啊！」

小奈奈發現倉庫的角落
有一個石頭材質的東西。
「奶奶，這是什麼？」
「喔，這是石磨，是以前的
人用來磨麵粉的工具唷。」
「我也想試試用石磨磨麵粉。
我叫我的朋友小志一起來。」

於是，小奈奈和小志開始挑戰用石磨磨麵粉。

終於，磨出來的麵粉到達量杯的一半了。
「奶奶，那這些麵粉要用來做什麼呢？」
「嗯，我們來做好吃的烏龍麵，怎麼樣？」
「烏龍麵嗎？好耶！」
小奈奈最喜歡吃奶奶做的烏龍麵了。

「可是要做烏龍麵的話，我需要三杯麵粉才夠喔！」

「**什麼！**」

於是，小奈奈和小志努力的磨麵粉，

磨到汗流浹背。

開始做料理囉！

「我們用麵粉來做咖哩烏龍麵吧！」
「好！我最喜歡吃咖哩烏龍麵了。」
當奶奶把準備好的麵粉拿到廚房時，
不知何時，四個健康小精靈也
笑咪咪的來到了廚房。

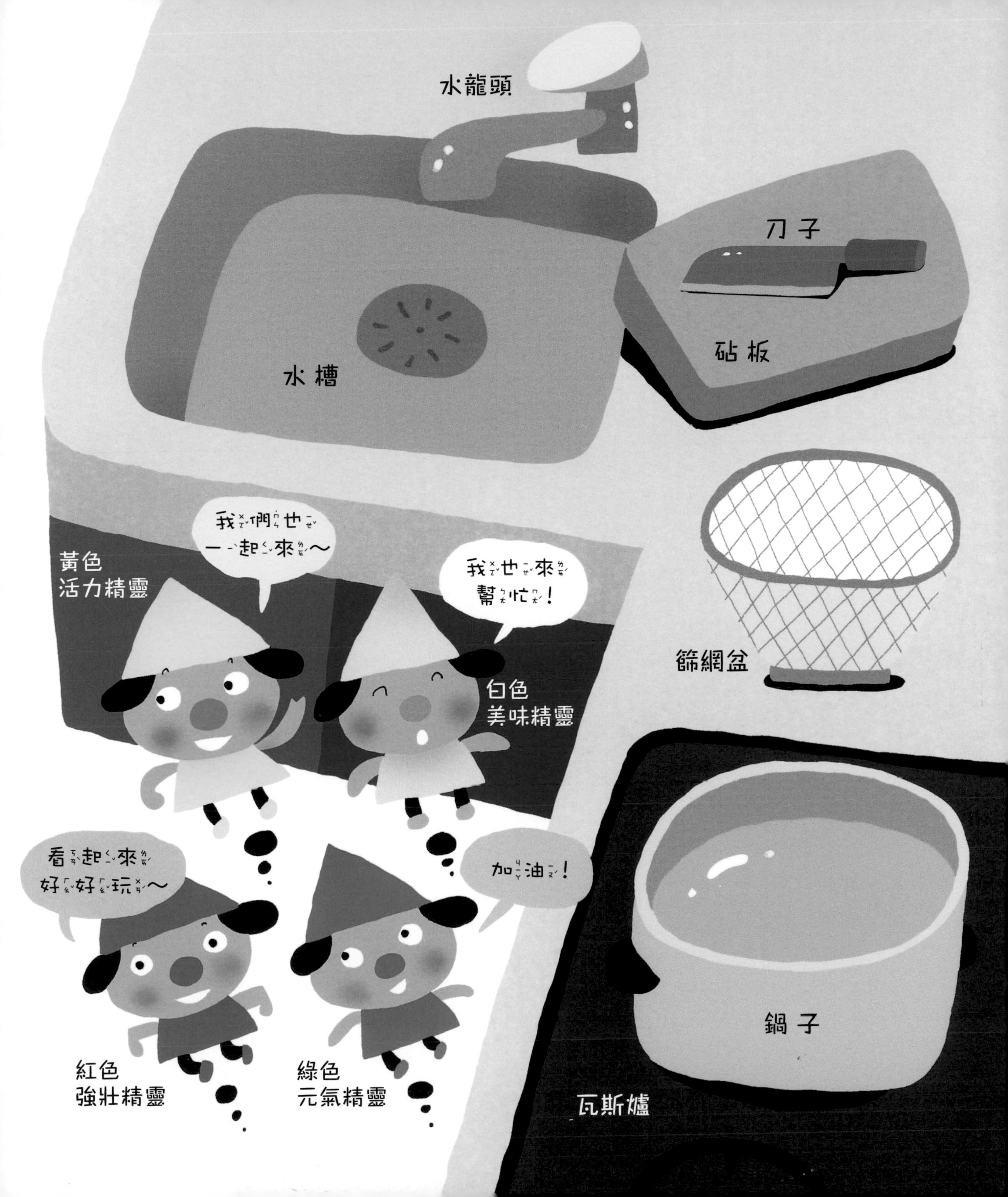

水龍頭
刀子
砧板
水槽
我們也一起來～
黃色
活力精靈
我也來幫忙！
白色
美味精靈
篩網盆
看起來好好玩～
加油！
紅色
強壯精靈
綠色
元氣精靈
鍋子
瓦斯爐

第一步，做麵條！

奶奶先將一些鹽水
倒進麵粉裡，
小奈奈和小志
用手揉麵粉。

再加一次鹽水。

再加一些鹽水，麵粉開始出現一個個顆粒，代表麵粉裡的水分足夠了。

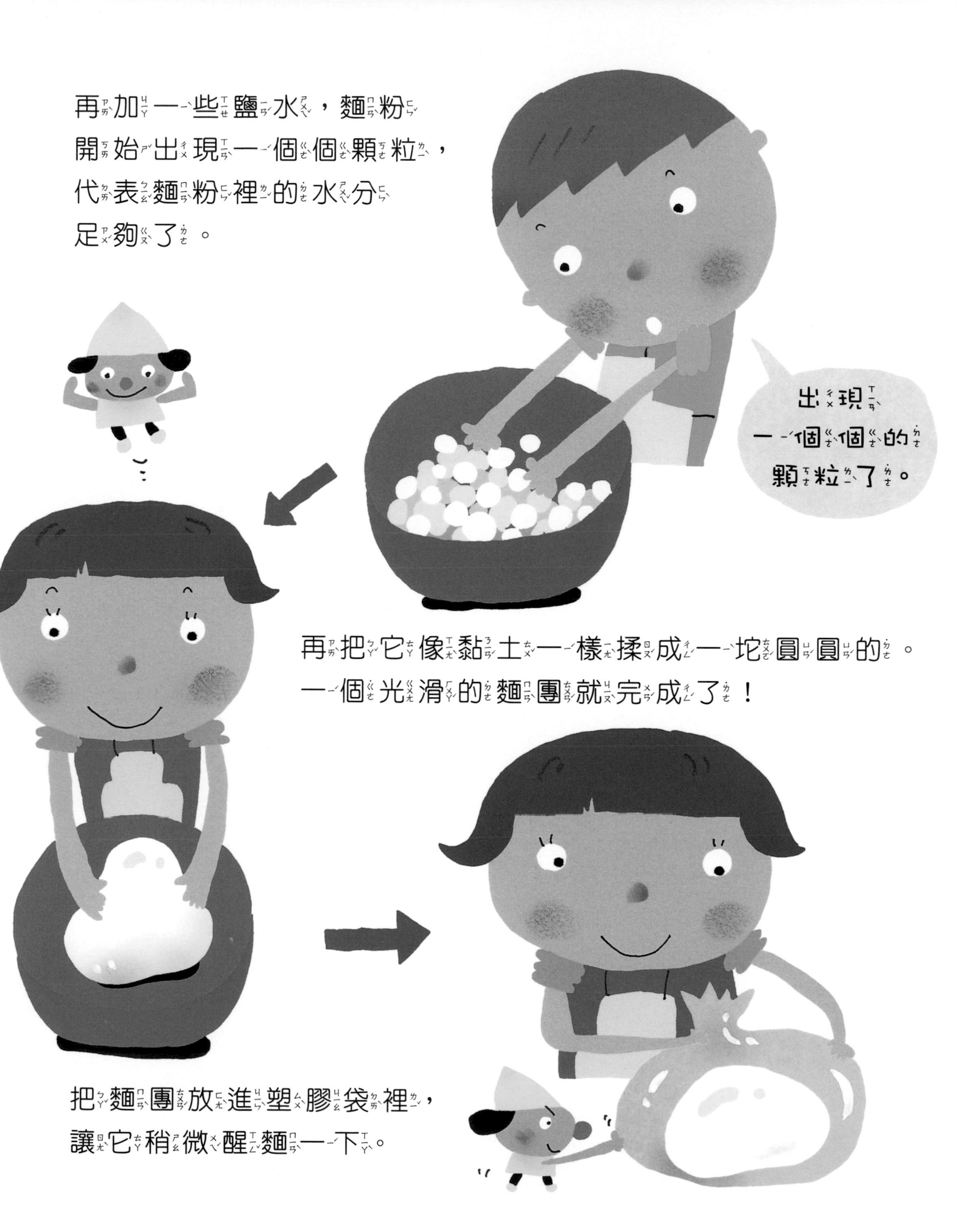

再把它像黏土一樣揉成一坨圓圓的。一個光滑的麵團就完成了！

把麵團放進塑膠袋裡，讓它稍微醒麵一下。

踏踏，美味烏龍麵！

奶奶在塑膠袋外包裹一條毛巾，
然後在上面放一塊塑膠墊。

小志踏累了，換小奈奈上場。
小奈奈開心的跳起踏踏舞。

奶奶把變扁的麵團
拿出來重新揉圓，
再把它放進塑膠袋裡。

來做咖哩配料囉！

撒一些鹽巴和胡椒粉。

紅蘿蔔用銀杏葉切法切片。

紅蘿蔔

豬肉

把馬鈴薯切丁。

馬鈴薯

紅蘿蔔用手抓著吃，
感覺更好吃喔。

把它切成
條狀

香菇

把它切得
細細長長～

切洋蔥末，
眼淚都
流出來了～

洋蔥

小白菜

奶奶在鍋裡放進油後，
開始炒豬肉。

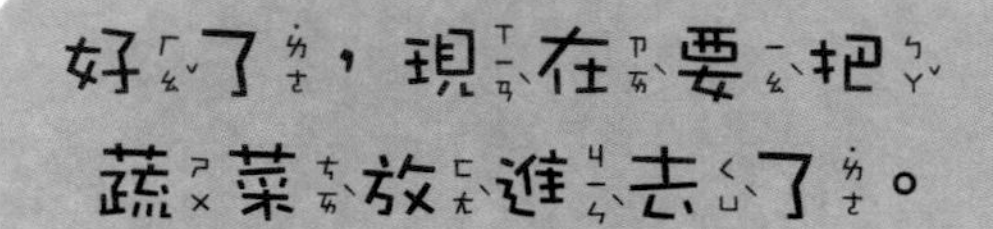

將豬肉和蔬菜一起拌炒，
然後在鍋裡加入水。

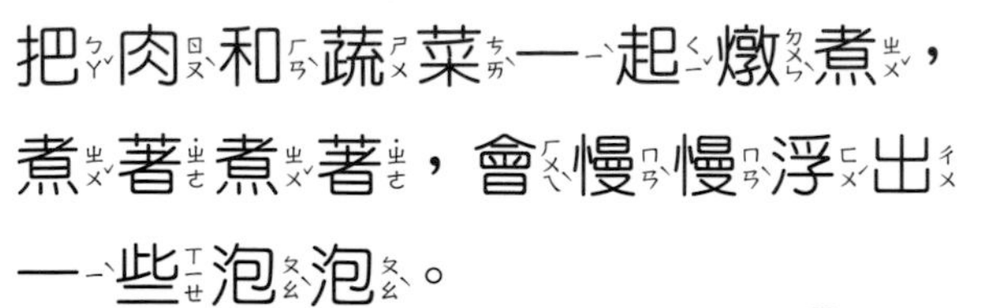

把肉和蔬菜一起燉煮，
煮著煮著，會慢慢浮出
一些泡泡。

這些泡泡是
多餘的，
要用勺子把它們
撈起來。

等蔬菜煮爛之後，
把咖哩塊放進鍋裡，
咖哩醬就完成了。

來切烏龍麵條！

麵團要再輕輕的踏一次，讓它平坦些。

然後把麵團放在砧板上，用擀麵棍再把麵團滾壓得更平坦一些。

把變成像毛巾一樣的麵團，
輕輕的摺疊起來，
小心不要弄破了喔。

然後慢慢的，
仔細的切成
條狀。

來煮烏龍麵囉！

在一個大鍋子裡裝入足夠的水，
把水煮沸，然後放進烏龍麵。

鍋子裡，烏龍麵條正開心的跳著舞。

好了嗎？
還沒唷！

好了嗎？
嗯，可以了！

用篩網盆把煮好的麵條撈起來，
放進竹簍裡。
這時，陣陣雪白如雲的霧氣飄上來。

霧氣散去後，眼前出現的是竹簍裡光滑的烏龍麵條。

奶奶一副自信滿滿的樣子。

在剛撈起的熱呼呼烏龍麵條上，
加上濃稠的咖哩醬。

就是一碗小奈奈和小志
花心血做出來的
好好吃咖哩烏龍麵。

「我可以幫這碗烏龍麵取個名字嗎？
叫做『**滑溜溜、超彈牙烏龍麵**』」小志說。
「我覺得應該叫做
『**香噴噴烏龍麵**』，
對不對，奶奶？」小奈奈說。

「那我們就叫它
『**香噴噴、滑溜溜、超彈牙烏龍麵**』吧！」
奶奶臉上洋溢著滿足的笑容。

和孩子一起挑戰！
咖哩烏龍麵

烏龍麵

材料（約 2 個大人和 2 個小孩的分量）

中筋麵粉 ………………… 500g
水 …………………………225ml
鹽 ……………………2~3 大匙
高筋麵粉 ………………… 適量

作法

1 用中筋麵粉製作烏龍麵麵團。

拿一個大碗，倒進中筋麵粉。另外拿個量杯，在水裡加入適量的鹽做成鹽水，將鹽水分成三等分，分三次倒入碗中。用雙手揉麵粉，待出現小顆粒時，就可以把它揉成一整塊麵團。麵團的柔軟度以類似耳垂的柔軟度為佳。揉好了以後，放進塑膠袋 30 分鐘，讓它醒麵。

2 用腳踩踏塑膠袋，讓麵團釋出黏性，再把擀平的麵團切成條狀。

把塑膠袋裡的空氣排出後，將它來回翻面，踩踏大約 10 分鐘，然後再醒麵一次。在砧板上灑些高筋麵粉，把麵團從袋子裡取出，用擀麵棍將它桿平，再把它折疊成適中的寬度，然後切成條狀。

將麵團對半折，再用擀麵棍桿平，反覆來回 3 到 4 次，讓麵團愈來愈薄。

3 下麵條囉！

把麵條放進大鍋子裡煮 10~15 分鐘，然後吃吃看熟了沒。再用篩網盆把麵條撈出來，放在水龍頭底下沖一沖，讓麵條變得更有嚼勁。

當水沸騰到快要溢出鍋外時，記得加一些冷水。

咖哩醬

材料（約 2 個大人和 2 個小孩的分量）

豬肉	150g	香菇	3 朵	鹽	少許
馬鈴薯	2 個	小白菜	1 把	胡椒粉	少許
紅蘿蔔	中型 1 根	咖哩塊	3~4 個	油	適量
洋蔥	中型 1 個	水	800ml		

作法

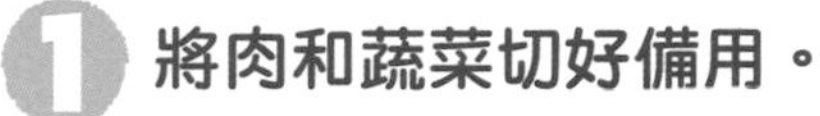

1 將肉和蔬菜切好備用。

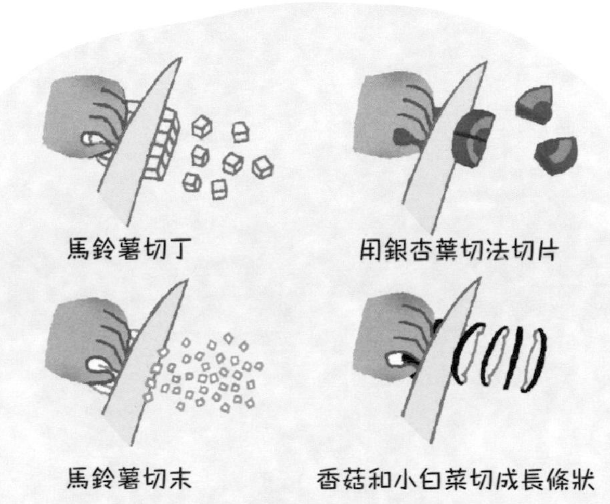

這裡示範了各種切菜法，實際在切菜時，請依照孩子容易入口以及自己喜歡的方式切。

將肉切成容易入口的大小，加上鹽和胡椒粉醃製。
蔬菜則依各人的喜好切。

2 將豬肉和蔬菜拌炒煮熟後，加入咖哩塊。

熱鍋後倒入油先炒豬肉，再加入洋蔥拌炒。之後依照各種材料的軟硬度，依序放入鍋中拌炒。適度拌炒後加入水繼續煮，直到蔬菜變軟、澀味去除。最後放入咖哩塊煮到融化。

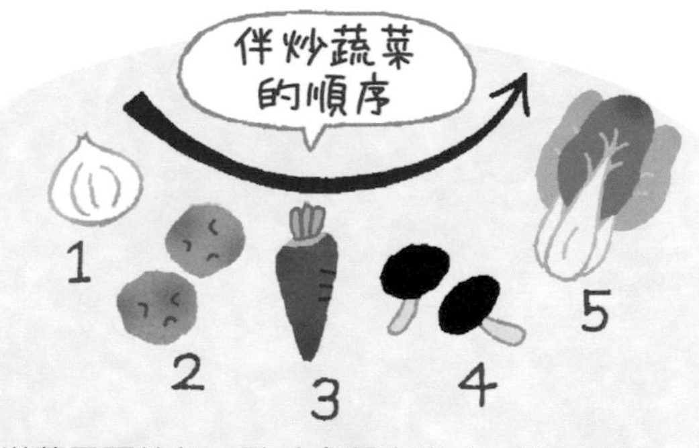

洋蔥需要炒久一點才會釋出甜味，所以要第一個放入。其他蔬菜放入鍋中的順序為：馬鈴薯→紅蘿蔔→香菇→小白菜。

將烏龍麵淋上熱呼呼的咖哩醬。

開動囉！

花費時間與精力製作的烏龍麵，嘗來別有一番滋味

吉田隆子

記得小時候夏天時，每當放學回家，第一件事就是把脫穀機搬進院子裡，將初夏收割的麥子去殼，再將去殼後的麥桿搬進穀倉裡堆高，然後拋下家裡的農事，坐在乾草堆上玩起來。濃濃的乾草香撲鼻而來，讓人通體舒暢。

小麥去殼後做成麵粉，再做成「夏天的麵條」。家裡附近有個碾米製麵廠，時常從門口看見穿著雪白工作服的老爺爺，曬著長長的麵條，努力工作著。炎熱的夏天，我們一邊吃著麵條，一邊在嘴裡唸著：「老爺爺的手工麵條真不是蓋的啦！」麵條，往往成為我們餐桌上不變的話題。

從前的人想要吃烏龍麵，得經過好長的時間，花費好多工夫才能吃得到。現在，想吃烏龍麵，只要直接到烏龍麵店或者買快速料理包就可以了。當您和孩子一起製作烏龍麵時，記得和他們分享這得來不易的心情。然後每年都來挑戰烏龍麵，因為「香噴噴、滑溜溜、超彈牙的烏龍麵」真是太好吃啦！

本書使用歐盟 SGS 檢測認證環保油墨印刷

作繪者簡介

|作者| **吉田隆子**

管理營養師，NPO 法人兒童之森理事長，日本大學短期大學部食物營養學科教授。從 1985 年起，在靜岡縣聖母學園磐石聖瑪莉雅幼兒園開始實踐幼童的飲食教育（食育），現在於日本全國各地進行食育相關的演講，並指導幼兒園與托兒所的飲食。著作有《健康食育繪本系列》（大采）《我開動囉！育兒革命》（金星社），《在食育森林中》（稻佐兒童之森）等。

|繪者| **瀨邊雅之**

1953 年出生於日本愛知縣。東京藝術大學工藝科畢業後，開始插畫家生涯。以溫婉充滿感情的圖像，深受書迷喜愛。作品有《總共是 100》、《100 人捉迷藏》（上誼）、《健康食育繪本系列》（大采）、《便便繪本》（Holp 出版社）、《變成國王的老鼠》（PHP 研究所）、《恐龍拼圖》等。

|譯者| **黃雅妮**

東吳大學日文系畢。從事童書工作多年，沉浸在童書世界裡彷彿回到遙遠的兒時，喜歡與小女兒一同在裡頭尋找互相依偎的線索。翻譯作品包含圖畫書、橋梁書等，有：《沒關係、沒關係》、《人魚公主》、《五味太郎的語言圖鑑 2》（合譯）、《蠶豆哥哥和豇豆兄弟》、《不要朋友的長耳兔》、《候鳥奶奶》、《大野狼肚子餓日記》系列、《寶寶知育遊戲書》、《動物寶寶上幼兒園》系列等。

繪本 0128

我的第一套好好吃食育繪本
小奈奈的香噴噴烏龍麵

作者｜吉田隆子　繪者｜瀨邊雅之
譯者｜黃雅妮

責任編輯｜熊君君
封面設計・特約美術編輯｜蕭雅慧

發行人｜殷允芃　執行長｜何琦瑜　副總經理｜林彥傑
總監｜黃雅妮　版權專員｜何晨瑋、黃微真

出版者｜親子天下股份有限公司
地址｜台北市 104 建國北路一段 96 號 4 樓
電話｜（02）2509-2800　傳真｜（02）2509-2462
網址｜ www.parenting.com.tw
讀者服務專線｜（02）2662-0332　週一～週五：09:00~17:30
讀者服務傳真｜（02）2662-6048　客服信箱｜ bill@cw.com.tw

法律顧問｜台英國際商務法律事務所・羅明通律師
製版印刷｜中原造像股份有限公司
總經銷｜大和圖書有限公司　電話：（02）8990-2588

出版日期｜ 2014 年 5 月第一版第一次印行
2021 年 8 月第一版第八次印行
定　價｜ 240 元（全套三冊特價 780 元，不單冊分售）
書　號｜ BCKP0128P
I S B N ｜ 978-986-241-877-2（精裝）

訂購服務
親子天下 Shopping ｜ shopping.parenting.com.tw
海外・大量訂購｜ parenting@cw.com.tw
書香花園｜台北市建國北路二段 6 巷 11 號　電話（02）2506-1635
劃撥帳號｜ 50331356 親子天下股份有限公司

和家人一起愉快

穿好圍裙，
洗好手，
開始來做菜吧。

頭上如果綁上頭巾，
會更好喔。

揉麵團的時候，
用比較大的不鏽鋼盆，
比較好用喔。

在鋼盆或是砧板的下面，
最好墊一塊溼抹布，
比較不容易滑。

讓家人幫你準備
一張適合你身高
的工作桌。